Enquête au château

D0727926

Du même auteur chez Québec Amérique

Jeunesse

SÉRIE MATHIEU

Le Secret de Mathieu, coll. Mini-Bilbo, 2000.

Mathieu le héros, coll. Mini-Bilbo, 2002.

La Vengeance du seigneur Gaspard, coll. Mini-Bilbo, 2003.

L'Ingénieuse Clothilde, coll. Mini-Bilbo, 2004.

Enquête au château

TEXTE ET ILLUSTRATIONS
JEAN BERNÈCHE

QUÉBEC AMÉRIQUE JEUNESSE

Catalogage avant publication de Bibliothèque et Archives Canada

Bernèche, Jean
Enquête au château
(Mathieu ; 5)
(Mini-Bilbo ; 28)
Pour enfants de 5 à 7 ans.
ISBN 2-7644-0430-1
I. Titre. II. Collection : Bernèche. Mathieu ; 5. III. Collection :
Mini-bilbo ; 28.
PS8553.E742E56 2005   jC843'.6 C2005-940938-X
PS9553.E742E56 2005

| Conseil des Arts du Canada | Canada Council for the Arts | SODEC Québec |

Nous reconnaissons l'aide financière du gouvernement du Canada par l'entremise du Programme d'aide au développement de l'industrie de l'édition (PADIÉ) pour nos activités d'édition.

Gouvernement du Québec – Programme de crédit d'impôt pour l'édition de livres – Gestion SODEC.

Les Éditions Québec Amérique bénéficient du programme de subvention globale du Conseil des Arts du Canada. Elles tiennent également à remercier la SODEC pour son appui financier.

Québec Amérique
329, rue de la Commune Ouest, 3ᵉ étage
Montréal (Québec) H2Y 2E1
Téléphone : (514) 499-3000, télécopieur : (514) 499-3010

Dépôt légal : 3ᵉ trimestre 2005
Bibliothèque nationale du Québec
Bibliothèque nationale du Canada

Prémaquette : Jean Bernèche
Révision linguistique : Céline Bouchard
Mise en pages : Andréa Joseph [PageXpress]

Remerciements à mes
premiers lecteurs pour leurs
précieux conseils :

Louise de Gonzague Pelletier,
Anne-Marie Villeneuve,
Michel DeLamirande
et Gilles Tibo.

1
Dans l'atelier de couture

Mathieu le tailleur et Clothilde l'araignée sont très inquiets. Un traître a dévoilé que des milliers d'arachnides se cachent au château.

—Si on découvre notre cachette, on nous exterminera. Vite, il faut trouver le traître ! Enquêtons ! s'écrie Clothilde.

Aussitôt, elle ajoute :

—Servons-nous de nos toiles comme capteurs de voix.

Tendons-les un peu partout dans le château et relions-les ensemble jusqu'à l'atelier. Nous pourrons ainsi écouter les confidences que se disent les gens pendant la nuit.

—Mais, en voyant les fils, on soupçonnera bien que des arachnides vivent ici! reprend Mathieu.

—La Veuve Blanche, notre doyenne, connaît une vieille recette pour fabriquer des fils transparents, conclut Clothilde.

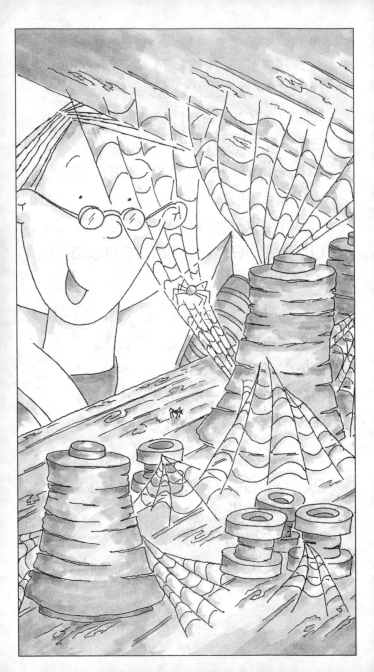

2
La recette

Aidés de plusieurs araignées, Clothilde et Mathieu retrouvent la Veuve Blanche blottie sous une étagère.

La doyenne refuse de leur donner la recette du fil transparent, prétextant qu'on n'espionne pas les gens sans raison.

—Le royaume des arachnides est en danger! répond Clothilde.

À ces mots, la veuve court consulter son grimoire et revient.

—Puisqu'il faut sauver notre royaume, voici la recette : recouvrir un grain blanc de son venin, avaler la mixture et attendre la nuit pour tisser. En séchant, les fils deviennent translucides comme le verre, flexibles et sensibles au son. Mais… mais… il n'y a aucune indication concernant cette matière blanche. Et je n'arrive pas à me souvenir…

Les trois compères réfléchissent. Après un long silence, Mathieu s'exclame :

—Blanc comme la neige et aussi lisse que le verre ?

—Aussi lisse, si lisse, SI-LIS-SE, répète sans cesse la Veuve Blanche. Euréka ! J'ai trouvé. C'est de la silice.

—Bien sûr ! La silice entre dans la fabrication du verre. Je cours de ce pas en demander au vitrier du village, reprend le tailleur.

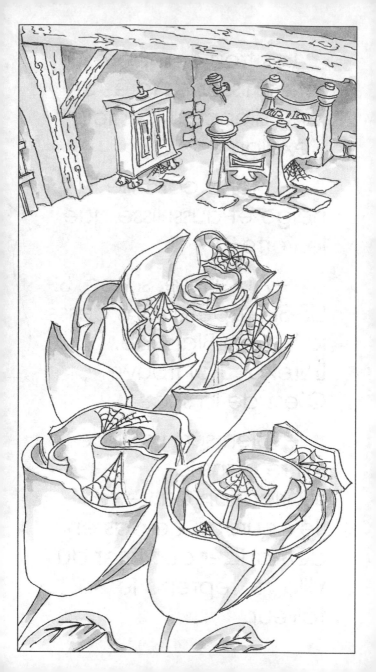

3

L'installation

La nuit venue, après que Mathieu se fut procuré de la silice, les araignées installent leurs minuscules toiles transparentes : sous les lits, sous les meubles, dans les tiroirs, les bouquets de fleurs, les caves et les greniers, dans les moindres recoins du château et du village.

—Nous pourrons faire l'écoute dès

maintenant, se réjouit Clothilde.

Ainsi, Mathieu et Clothilde, aidés des autres arachnides, écoutent les conversations intimes.

Après plus d'une semaine, les deux amis en viennent malheureusement à la conclusion que celui

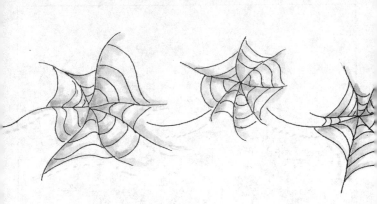

qui a révélé leur secret
n'habite ni au château
ni au village. Personne
ne parle des araignées.

—Profitons de
l'invitation de tous les
monarques, qui désirent
voir nos nouvelles
confections, pour
poursuivre notre
enquête, suggère
Mathieu.

4
La visite

Deux jours plus tard, les serviteurs du roi Alexandre déposent le précieux coffre de Mathieu à l'arrière d'un carrosse. Son coffre renferme des vêtements parmi les plus beaux du monde et plus de trois mille araignées cachées dans le double-fond. Un compartiment plein de silice y est aussi aménagé. Clothilde se cache pour sa part dans la poche du tailleur.

Escortée par cinq soldats et un cocher, l'équipe de l'atelier fait la tournée des royaumes environnants. Mathieu le tailleur, ministre de la Paix et de la Couture, héros de la tour du non-retour, vainqueur devant le seigneur Gaspard, est accueilli partout à bras ouverts. Tous les châtelains sont ravis par la beauté du travail présenté. On le félicite, on le congratule, on lui offre des cadeaux. Les monarques organisent

aussi de grands banquets en son honneur.

Pendant ce temps, chaque nuit, des araignées sortent du coffre et tendent des toiles transparentes jusqu'à la chambre de Mathieu. Le tailleur et Clothilde écoutent patiemment toutes les conversations sans aucun résultat. L'artisan est découragé. Mais pas l'araignée :

—C'est une bonne nouvelle Mathieu ! Ça veut dire que plus personne ne pense aux arachnides !

5

Le château des basses plaines

L'équipe se rend au dernier château à visiter : le château des basses plaines. Une fois encore, le tailleur expose ses confections et les araignées tissent leurs toiles.

En secret, la nuit, nos deux amis épient les conversations.

Soudain, une voix venue de la prison murmure : « Ah ! Ce Gaspard est vraiment obsédé. Il essaie encore de me faire croire que des milliers d'araignées se cachent au château du roi Alexandre et brodent pour le tailleur. »

—Nous aurions dû y penser bien avant, Gaspard est le seul à savoir que je parle aux arachnides, s'exclame Mathieu en dansant dans la chambre. Nous l'avons trouvé ! Nous l'avons trouvé !

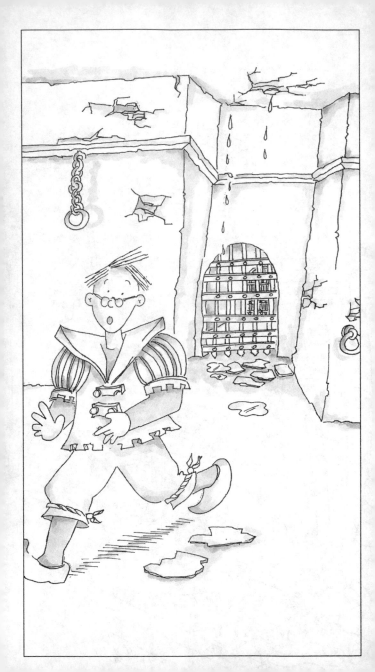

6

Le lendemain

Sans perdre de temps, Mathieu obtient la permission de voir le méchant seigneur Gaspard. Il se rend ensuite à la prison.

Après avoir présenté son autorisation aux gardiens, le tailleur avance dans de longs corridors humides. De l'eau ruisselle sur les murs. Des chaînes grincent. Les soldats ouvrent une énorme grille, puis une

deuxième. Après avoir
franchi trois immenses
herses, il arrive enfin au
cachot du seigneur.
Mathieu entre dans la
cellule, Clothilde
agrippée à son épaule.
La lourde porte se
referme derrière eux.

On entend la clé
verrouiller la serrure.
Gaspard, apeuré,
s'éloigne aussitôt.

Mathieu tente de
convaincre le seigneur
de ne plus dévoiler leur
secret.

Mais la présence
d'un seul arachnide

n'impressionne nullement le détenu :

—J'écraserai cette ignoble créature dès votre départ ! Jadis, vous m'avez piégé grâce à vos araignées. Cette fois, vous ne réussirez pas à me faire taire.

Mathieu avance alors de trois pas. Au signal donné, des dizaines d'arachnides sortent des poches du tailleur et envahissent le cachot.

Le seigneur recule jusqu'au mur en frémissant :

—Mathieu, de grâce, éloignez ces araignées de moi! Vous savez bien que j'ai peur de ces bestioles. Je ferai tout ce que vous voudrez.

Le tailleur fait ainsi promettre au prisonnier de garder leur secret:

—Et pour vous aider à tenir parole, mes amies resteront avec vous. Il y en a partout, dans votre paillasson, dans les murs, dans vos vêtements, entre les tuiles du plancher. À bon entendeur, salut!

7
Au retour

Dans la diligence qui les ramène au château du roi Alexandre, Mathieu est soucieux.

—Qu'y a-t-il? demande Clothilde.

—Gaspard est très rusé, il faut penser à une solution durable. Il est temps de tout avouer, de cesser ces mascarades.

—Mais c'est la sécurité du royaume

des arachnides qui est en jeu, s'écrie Clothilde.

— Je suis las de mentir. Pas toi? Nous devons révéler notre secret. Les gens comprendront pourquoi nous leur avons caché la vérité. J'en suis convaincu. Mais la décision t'appartient, Clothilde.

— Laisse-moi en discuter avec mes camarades, insiste l'araignée.

8
L'aveu

Le lendemain, Clothilde donne son accord à Mathieu, qui s'empresse d'aviser le roi de son intention.

—Sire Alexandre, à titre de ministre de la Paix, je dois m'adresser à la population. Avec votre permission, je le ferai à la fête de la Moisson.

—Rien de grave, j'espère? interroge le

monarque devant l'air songeur de Mathieu.

—Une rectification, sire. Une simple rectification.

Après avoir obtenu
l'accord du roi, et
avant de tout révéler
au peuple, le jeune
tailleur décide d'en
parler avec sa bien-
aimée :

—Marie, je dois
t'avouer quelque
chose. En fait, j'ai une
histoire à te raconter.
L'histoire d'un tailleur
qui, un jour, a
rencontré…

—Laisse-moi deviner.
Une jolie demoiselle

prénommée Marie? dit cette dernière, taquine.

—Euh… Oui… Enfin… Non… Disons plutôt qu'il a rencontré une…

—Une araignée! ajoute fièrement Marie. C'est ton histoire, n'est-ce pas Mathieu?

—Qui te l'a dit ?

—Toi, Mathieu. La nuit, tu rêves à haute voix. Grâce à toi, je connais Clothilde depuis très, très longtemps. Et j'ai deviné que les fleurs brodées que tu m'as offertes ne pouvaient être l'œuvre que de tisseuses expertes.

À ces mots, l'araignée sort de la chevelure du tailleur. Elle se présente et remercie Marie de ses compliments au nom de ses collègues.

9
À la fête
de la Moisson

Devant tous les gens réunis dans la grande cour du château, le roi annonce :

—Chères villageoises, chers villageois, avant d'inaugurer la fête de la Moisson, Mathieu, notre ministre de la Paix et de la Couture, vous adressera quelques mots.

Mathieu se lève. Il est nerveux. Sa voix tremble :

— Chers amis, vous me connaissez depuis mon enfance. Vous m'avez vu grandir. À la mort de mon père, vous étiez là pour m'épauler. Durant toutes ces années, vous n'avez jamais cessé de m'encourager. À titre de ministre de la Paix et de la Couture, je crois avoir donné le meilleur de moi-même pour faire de ce royaume le plus grand de tous. Mais sachez que pendant tout ce temps, je vous

ai caché une partie de la vérité : je ne travaille pas seul dans l'atelier.

Des « Oh ! » et des « Ah ! » se font entendre dans la foule. Mathieu, ébranlé, arrive à peine à parler :

—Il y a dans l'atelier des créatures beaucoup plus extraordinaires que moi. Si je vous ai menti, c'est pour les protéger. Afin de préserver leur sécurité, elles m'avaient demandé de ne jamais révéler qu'elles brodent pour moi. Mais aujourd'hui, avec leur accord, je brise le silence.

«Il nous a dupés!», crient certains. Des «Chou» retentissent. Le roi est visiblement consterné par la situation. Il s'écrase sur son trône. La reine lui éponge le front. Mathieu, le héros de la tour du non-retour, serait donc un imposteur? C'est la cohue. La foule veut s'en prendre à lui. Le roi Alexandre ordonne alors aux gardes de protéger celui qui, jadis, a fait la renommée de son royaume, tandis que d'autres soldats bloquent l'accès à l'atelier de couture.

10
L'écho

Soudain, une voix caverneuse s'élève derrière la foule :

—Qui d'entre vous peut se vanter de parler aux araignées ? Qui d'entre vous peut fraterniser avec les araignées ?

L'assemblée, consternée, se retourne.

—Mathieu a fait la gloire de votre royaume avec ses créations, reprend la voix. Il vous a débarrassés du seigneur Gaspard qui menaçait d'envahir tous les châteaux des environs et voilà comment vous le remerciez ?

La foule, honteuse, se tait.

—Mathieu est un homme d'honneur. Lié par le secret, il n'a jamais pu vous dire que nous brodions pour lui. Mon nom est Clothilde. Depuis des années, mes compagnes et moi travaillons pour votre tailleur. Nos réalisations

ont fait le tour du monde grâce à Mathieu. À sa demande, nous avons décidé de rompre le silence. Mais n'ayez crainte. Nous vivons ici depuis des années. Nous sommes vos amies.

À ces mots, Clothilde sort de la bouche d'une gargouille. Les enfants à la vue perçante sont les premiers à l'apercevoir :

—Regarde maman, c'est une araignée qui parle !

À cet instant, des milliers d'arachnides installés sur un mur

blanc du château forment les mots « Merci, Mathieu ». On assiste à la création de la première affiche mobile au monde. La foule reprend en cœur : « Mathieu ! Mathieu ! » Puis les araignées se repositionnent pour écrire « Nous t'aimons, Mathieu ».

Au même moment,
une volée de colombes
pilotées par des
arachnides sillonne le
ciel. La foule acclame
le tailleur. C'est la gloire
retrouvée.

11

La confidence

Soulagés, Marie et Mathieu, qui porte Clothilde sur son épaule, déambulent fièrement dans les rues du village. On les salue à leur passage. Pendant leur promenade, Mathieu interroge Clothilde :

— Je n'ai pas reconnu ta voix sortant de la gargouille. Comment as-tu fait pour parler si fort ?

—Ton projet de révéler notre secret me tracassait beaucoup. Je sentais que tu n'arriverais pas à les convaincre seul. J'en ai discuté avec Marie et nous avons convenu que je devais aussi prendre la parole. Mais comment faire pour qu'on m'entende ? J'ai eu l'idée d'utiliser la gargouille pour y avoir entendu la pluie s'y engouffrer avec fracas.

—Et j'ai pensé y ajouter un vieux tuyau comme porte-voix,

reprend Marie. Je l'ai fixé à la gargouille et j'ai répété les paroles que me murmurait Clothilde à l'oreille. J'ai ensuite ouvert les cages des colombes du haut du toit de la tourelle… C'est ce qu'on appelle la complicité féminine !

Devant l'air coquin de sa bien-aimée, les yeux pleins d'admiration pour ses complices, Mathieu éclate de joie.

Poursuivant leur conversation, le tailleur s'inquiète pour les araignées postées à la

prison. Clothilde le
rassure aussitôt :

—La volée de
colombes se dirige
présentement vers le
château des basses
plaines. On ramènera
nos braves compagnes
sous peu.

12

L'invitation

Au retour de leur promenade, nos trois amis retrouvent le couple royal :

—Marie, Clothilde, Mathieu, je voulais justement vous voir, dit le roi. Tous les nobles et les habitants du château m'implorent d'organiser une grande réception réunissant les araignées et le peuple. Puisque ce sera bientôt mon anniversaire, nous pourrions profiter de l'occasion. Qu'en pensez-vous ?

Nos trois compères acceptent avec plaisir la proposition du roi.

Mais, par prudence et pour préserver leur intimité, Clothilde ajoute :

—Seuls quelques arachnides y démontreront leur savoir-faire.

Dès lors, il y a branle-bas de combat au château en vue de la préparation de la grande célébration.

Ainsi, la franchise de Mathieu a été récompensée. Au grand bonheur du tailleur, les araignées auront dorénavant une place importante au château.

Si tu rencontres une araignée, félicite-la pour son beau travail.

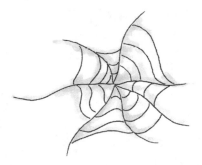

Fiches d'exploitation pédagogique

Vous pouvez vous les procurer sur notre site Internet à la section jeunesse/matériel pédagogique.

www.quebec-amerique.com